AF347324

¡DILO ALDEMARA!

ANHELO

¡DILO ALDEMARA!

EDITORIAL
LETRA MINÚSCULA

Primera edición: junio de 2020
ISBN: 978-84-18149-83-2
Copyright © 2020 Anhelo
Editado por Editorial Letra Minúscula
www.letraminuscula.com
contacto@letraminuscula.com

Para Joel no es muy agradable asistir a una exposición de arte. Su amiga de la infancia, Andrea, maestra de Arte, lo invitó a una. Ella acaba de regresar de Londres luego de haber estudiado Arte Antiguo y Contemporáneo.

Para animar a Joel a visitar el museo, Andrea le explica lo fascinante que es entender lo que transmite un autor a través de su obra. Le dice que, para disfrutar del arte, no se requieren conocimientos. Es cuestión de conectarse con la obra. Le recalca:

—Joel, el arte tiene una magia; te atrae o no te atrae. La obra te entra por los sentidos; la interpretas. Te mueve sensaciones, sentimientos, y, en esa medida, la disfrutas. Cuando la veas, te va a sorprender y la historia de la autora aún más.

* * *

Ya en el evento "Aldemara, Su Vida y Obra"

—Esta obra se hizo con lodo. El título es *El torso de una mujer que calla*. El nombre fue dado por Lucila, hermana menor de la autora y quien fuera su único apoyo desde su niñez —dice la curadora de la exposición—. Y este conjunto de dibujos se hizo en lápiz. Estos otros, hechos a carbón de piedra y de leña, y estas fotografías son de varias obras plasmadas en una de las paredes de la casa que fuera de Aldemara.

Luego del recorrido por varios pabellones, Andrea y Joel salen a tomar un café. Durante el camino, Andrea le cuenta varias situaciones de la vida de la autora. Ahora él está interesado en el evento. Está sorprendido por dos de las obras presentadas: *Con mi propia sangre y Lodo en el torso*, ambas hechas sobre retazos de sábanas. También aparecen en las fotografías de la pared.

Andrea le narra la intrincada historia de la gran maestra Aldemara.

—Joel, la artista fue un prodigio del dibujo y de la pintura. Sus obras más valiosas son las que realizó de niña y adolescente, cuando vivía con sus padres en una casa de campo. La historia se remonta a 1941, año en el que nació en el seno de una familia ultraconservadora. Sus padres, no muy convencidos de que estudiara, la enviaron a la escuela, pero lo que más querían era que sus hijas mujeres se casaran o que fueran monjas, religiosas.

Lucila tuvo una relación muy cercana con Aldemara y recopiló la mayoría de los trabajos que hizo durante esa época. Logró esconderlos y preservarlos. Según sus padres y su maestra, Aldemara era muy inquieta desde niña. La comparaban constantemente con su hermana Lucila, que era sumisa y obediente. Ambas estaban en el mismo grado escolar, pues la diferencia de edad entre las dos era solamente de un año.

En la escuela, la situación para Aldemara no era la mejor; máxime que, además, estaba ubicada en el área rural, de difícil acceso por los caminos y medios de transporte precarios para llegar hasta allí. Tampoco era opción que estudiaran; no lo veían necesario si el fin eran las dos opciones mencionadas. Esto se sumaba a que la maestra no entendía que la niña era una gran artista y trataba de manejarla y mantenerla ocupada y entretenida. Le entregaba un lápiz y una hoja, y santo remedio. El problema era que a ella le gustaba pintar solamente torsos desnudos y esto era bastante escandaloso. Una mujer con los hombros descubiertos era algo impúdico, considerando que las mujeres andaban bien cubiertas de los pies a la cabeza con un sombrero o manta, manga larga, cuello alto y vestido largo hasta los tobillos.

Creyendo evitar la sanción y que no le rompieran o le botaran sus trabajos, hacía los dibujos de los cuerpos cubiertos por hojas de los árboles o envueltos en nubes. Y, aun así, eran considerados escandalosos y vulgares.

En una ocasión, la maestra les pidió a sus estudiantes, que no sumaban una docena, que hicieran un dibujo libre, cosa inusual, dado que lo que los estudiantes hacían era determinado siempre por el maestro. Dibujaban paisajes de la naturaleza, personas —pero vestidas—, animales, herramientas para el trabajo en el campo, casas y sus objetos: todo lo cotidiano. No era libre el dibujo.

En esa ocasión, la maestra pasaba por los puestos mirando el trabajo de sus alumnos. Cuando se acercó al puesto de Aldemara, no notó nada extraño porque no entendía el bosquejo que la niña tenía sobre su pupitre. Continuó haciendo la ronda por el salón de clase. A la hora de recoger el trabajo, ella le pidió a cada estudiante que fuera pasando por su escritorio para dejarle el cuaderno abierto con el dibujo, para que ella pudiera observarlo y calificarlo.

Cuando Aldemara se acercó con el suyo, ella pudo verlo en detalle y vio en la hoja del cuaderno que había pintado el torso de una mujer desnuda, cubierto levemente con nubes. Su maestra se asustó, tomó el cuaderno, le arrancó la hoja del dibujo y la rompió. La regañó y le dijo que esas inmoralidades no se dibujaban. La tomó fuertemente del brazo hasta el final del salón de clase y allí le dijo:

—Aldemara, ¡eso es obsceno, eso es cochino, es sucio! ¿Cuándo va a entender que eso no se hace?

La niña rompió en llanto; tenía recién cumplidos los ocho años. Estaba en primer grado de primaria básica. A la escuela asistían poco los niños y eran escolarizados con el fin de que aprendieran lo básico: leer, escribir y algunas operaciones matemáticas muy básicas para que pudieran luego acceder al seminario o al convento porque, para casarse y ser un padre de familia o un obrero, no se requería, sino, como ellos mismos (los padres) decían, "dos manos para trabajar". Remataban con un dicho popular: "El hombre para el campo y la mujer en la cocina". Para Aldemara, el tiempo estaba contado. Esta sería la última vez que pisaría una escuela.

Las niñas iban y venían solas a la escuela montadas en caballos. Pero, ese día, la maestra les dijo que las llevaría a la casa. Al final de la jornada, la maestra emprendió el camino con ellas. Todavía le reclamaba por el dibujo mientras la sacudía del brazo.

—¿Por qué tienes que hacer esos dibujos tan feos si sabes hacer paisajes tan bonitos? —repetía la maestra.

La niña callada seguía llorando; sabía que en la casa le esperaba un castigo peor: el de sus padres.

Cuando llegaron, encontraron solamente a Rosa, su madre. El padre aún no había llegado del campo. Estaba trabajando. La jornada terminaba a las cinco de la tarde. Faltaba media hora para que llegara. El turno era largo, más, si se trataba de jornaleros como lo era él, que iniciaba su jornada al amanecer, a las tres de la mañana.

Aldemara y Lucila fueron obligadas a irse para la parte de atrás de la casa, al fondo, cerca de la cocina —los niños nunca estaban presentes en las visitas y mucho menos en las conversaciones de los adultos—.

—¿Esta vez que hizo esta niña? —preguntó Rosa a la maestra—. ¿Hizo algún daño? ¿No hizo la fila? ¿No rezó? ¿Se escapó? Ah, ya sé: dibujó de nuevo esas vulgaridades. Torsos desnudos de mujeres.

Mientras la maestra le contaba lo del dibujo, Rosa ya preparaba el castigo. Se corría un cinturón que tenía ceñido al cuerpo por debajo del delantal.

Se lo sacó y lo enroscó en su mano derecha, preparándolo para la *pela* que le daría a la niña.

Le preguntó a la maestra si era que la niña estaba endiablada. La maestra le dijo que no había tenido este tipo de cosas en el aula, y que, gracias a Dios, no dibujaba cuerpos de hombres. A esto, la madre de Aldemara le respondió con ironía que no los hacía, simplemente, porque no los conocía. Continuó la maestra con su retahíla:

—Le he dicho una y otra vez que no dibuje vulgaridades. Tengo que estar vigilándola. Y no es la primera vez que los hace. Yo le he roto varios dibujos, pero hacía meses que no los hacía. Hasta hoy. Ella no es como Lucila, que es tan obediente. No puedo tenerla más en la escuela. Usted entenderá. Las otras niñas van a seguir su mal ejemplo; a mí, que soy adulta, me escandaliza. Me ha costado disciplinarla y le he tolerado sus imprudencias, pero esto ya es demasiado. Dejaré un acta de la constancia de su retiro —recalcó la maestra.

La madre se quedó un momento callada y le dijo:

—Usted y mi esposo tienen toda la razón. Él siempre se ha opuesto a que vaya a la escuela. Es por mí que ella va, pero para qué; se va a perder tiempo allá con todo lo que hay que hacer aquí, y no lo digo por usted, ni más faltaba. Es mejor internarla en el convento y, junto con ella, a Lucila. No vaya a ser que salga con las mismas cosas. Allá no tendrán tiempo para perder haciendo dibujos y, mucho menos, esos dibujos.

—Ah, no, eso no, por favor —dijo la maestra—. A Lucila, no. Ella es muy distinta. No la retire; se lo ruego.

—Está bien —dijo Rosa.

En ese momento, entró Nemesio, el padre. Venía cansado de trabajar. Se escuchaban sus suspiros de ahogo mientras decía:

—Eh, Ave María purísima, qué cansancio.

Se quitó el sombrero y lo acomodó en uno de los tres ganchos de un rústico perchero que había en la pared junto a la puerta. Y, en otro de los ganchos, acomodó la ruana. Siguió caminando y se encontró con la maestra. Saludó y le preguntó:

—Y, ahora, ¿qué pasó con Aldemara? Porque con Lucila no es la cosa, yo sé —dijo.

—Señor, buenas tardes, ya estoy de salida —dijo la maestra—. Su esposa le contará.

Nemesio acompañó a la maestra a la puerta mientras la madre fue al fondo, a la cocina, a buscar a Aldemara. La encontró sentada en una silla y apoyada en una mesa destartalada, y a Lucila acariciándole la cabeza.

Escuchaban desde la sala a Nemesio hablando duro mientras caminaba apurado por el corredor. En la mano llevaba un zurriago (un manojo de tiras de cuero, utilizado para disciplinar a los caballos); lo agitaba bruscamente y golpeaba las paredes.

No le habían contado nada; sin embargo, castigaría de todas maneras a Aldemara.

Esa noche, la niña lloraba desconsolada sobre su cama. Le dolía su cuerpo; no sabía cómo acomodarse, si dormir de lado o de espaldas. A un lado, sentada cerca de la cabecera, Lucila le tocaba suavemente la cabeza y le preguntaba si le dolía mucho. La madre las escuchó y las mandó a acostar con un grito, porque ya era tarde y debían levantarse temprano.

Cerca de las tres de la mañana, Aldemara fue despertada por su madre. Le dijo que no volvería a la escuela y que se preparara rápido para irse al campo a trabajar con su padre y con su hermano Raúl. Somnolienta, se desperezó, se levantó, se lavó la cara y se hizo un corto aseo. El baño de todo su cuerpo lo haría en el río con su madre y con su hermana vestidas con túnicas hasta los pies el fin de semana. En la cocina la esperaba una taza de cacao con pan. Tenía que comer embutida porque su padre la acosaba para que se fueran rápido.

Salieron en los caballos por el camino de piedra, un poco enlodado por una llovizna leve que había acontecido en la madrugada. Debían andar más de una hora para llegar. Los esperaba una jornada larga de siembra de algunas cosas y de cosecha de otras.

Luego de esa jornada y muchas más, pasaron los meses hasta que se avecinó la fecha esperada por toda niña piadosa que se respete. La primera comunión. Los pocos preparativos fueron un sencillo vestido blanco, estilo hábito de monja, heredado de su hermana mayor que ya estaba casada —tenía solo quince años—, y un gran velón que luego serviría para encenderlo en las noches lluviosas y tormentosas; algún temblor de la tierra o para una petición onerosa.

Luego de la sencilla reunión, de haber recitado al

dedillo las oraciones que tenía que aprenderse para recibir la comunión, Aldemara contó unas monedas que había recibido de regalo ese día. Tenía una bolsa pequeña de tela que también le habían regalado llena de dulces. En esta inició lo que ella llamaba "su gran ahorro". La guardó bajo el colchón de la cama y le mostró a Lucila las doce estampitas de Santos, que también le habían regalado ese día. Las atesoraba como caramelos o láminas para un álbum.

Meses después, todo parecía marchar bien, pero lo que Aldemara hacía era dibujar en secreto y esconder sus dibujos debajo del colchón. Los hacía en el poco tiempo que le quedaba de regreso del trabajo en el campo de cultivo, escondida en su alcoba, con la luz de la luna, pues no había luz eléctrica. A veces se escapaba con una vela, una cerilla o fósforos, hojas y lápices, o salía con la excusa de irse para misa. Se iba con su hermano mayor, que por una moneda la acompañaba y le guardaba el secreto. No podía salir sola.

Se escondía en la iglesia, tras una puerta o un santo. Se acomodaba para poder dibujar, pero, generalmente, la cerraban temprano; apenas aprovechaba algunos minutos. Su tiempo era medido. Luego doblaba bien las hojas de papel y las escondía bajo su falda.

Para eso fueron sus ahorros de tanto tiempo, que también complementaba con el poco dinero que su padre le daba por sus labores en el campo, a pesar de que trabajaba mucho más que su hermano. Según su padre, una mujer no manejaba dinero. Sin embargo, para su hermano, el pago era mayor y se lo daban completo, pese a que lo destinaba para el juego, la bebida y "las mujeres de la noche", como él y su padre solían llamarlas. Pues ambos, luego del fin de semana, se iban juntos a visitarlas. Para su madre no era un secreto. Era la vieja usanza:

"Un verdadero hombre tiene esos derechos desde que en la casa no falte el mercado".

* * *

Aldemara tenía trece años y sus padres consideraban que debía irse para el convento o dedicarse de lleno a las labores del hogar, para que, en menos de dos años, se casara como lo había hecho su hermana mayor, como Dios mandaba. Pero Aldemara solo estaba interesada en sus pinturas. Ahora que no iría al campo, vería diezmar sus ahorros y tendría que enfrentar el temor de irse al convento o, peor aún, casarse.

Seguía con sus dibujos y pinturas a escondidas, las cuales le llamaban la atención a su hermano. Él se había colado en su habitación porque estaba fascinado viendo sus obras. Estaba dispuesto a que le pagara con ellas. Aldemara le daba a Raúl, su hermano, un dibujo a cambio de que le consiguiera material e implementos de pintura, la acompañara a pintar y guardara silencio. Su hermano las vendía a buen precio y les aseguraba a sus compradores que se las traían por correo de la capital.

En una ocasión, no estaban sus compradores. Uno de ellos era Abelardo, el jefe de su padre. Desesperado por el dinero, Raúl se dirigió a la cantina y las ofreció a los borrachos que allí estaban. Se las vendió al cantinero, y este le dijo que, aunque los dibujos eran bonitos, le dijera al pintor que les pusiera la cabeza.

—Se lo diré —asintió Raúl.

La imprudencia de Raúl hizo que su padre viera cuando Aldemara le entregaba un dibujo. Nemesio le pidió a su hijo que le entregara lo que tenía en la mano, pero este se fue rápido, haciéndose el que no había escuchado. Nemesio le reclamó y le increpó a Aldemara:

—¿Todavía sigue dibujando? ¿Y está haciendo esas groserías?

—No se preocupe, papá; yo dibujo de vez en cuando y hago cosas muy distintas.

Él, desconfiado, le dijo:

—Eso lo tengo que ver.

Ella fue a su alcoba y trajo varios dibujos viejos de unos paisajes que había hecho en la escuela. Le dijo que podía hacerlos para adornar la casa y que hasta se podían vender, que por eso su hermano había salido deprisa para entregar uno por encargo, que no les había contado porque apenas estaban iniciando ese negocio y, una vez que se dieran las cosas, ella misma les habría dicho. Nemesio se quedó pensativo. Luego le pidió que le pintara a Jesús, la Virgen y los Santos; que empezara por el de la Virgen y que ahí sí se irían entendiendo.

Ya tenía por lo menos la excusa de salir sola al campo, pero no lejos, solo frente a su casa. Eso sí, donde pudieran verla y ella pudiera escapar de los ojos inquisidores de sus padres.

En este nuevo escenario, optó por hacer dos dibujos: el que tenía para mostrarle a sus padres y el que pintaba por su propio gusto. A sus padres les estaba dibujando el cuadro de una Virgen que apenas tenía unos pocos trazos. Ellos le preguntaban por la tardanza y ella decía que dibujarla no era fácil, que incluso iba a encargar a la capital un material más fino y costoso para hacerla, aunque fuera con los pocos ahorros que contaba.

Al mes de estar pintando, ya un poco más retirada de la casa y con la venia de sus padres, un día volvía a su casa; traía un talego lleno de lápices y una bolsa de tela grande, donde guardaba las hojas y los cuadernos de su trabajo. Encontró en su casa una visita de un grupo de novicias y religiosas con el sacerdote. Era una comitiva que venían recorriendo las casas en busca de "vocaciones" para ingresar al convento de un pueblo cercano. Era sábado y desde el día anterior estaban en esa misión.

Aldemara entró, saludó y siguió como si no fuera con ella lo que ocurría. Su padre la detuvo y la invitó a que se quedara, pues la visita era para ella. Le dijo, además, que ya les había contado de sus dotes artísticas y de la pintura de la Virgen que estaba haciendo, la cual les mostraría una vez que la terminara. Ella tomó asiento en el brazo de una de las sillas, al lado de donde estaba sentada su madre.

Luego de escuchar la oferta de la comitiva, Aldemara respondió que lo consideraría más adelante, porque estaba trabajando para ayudar con las obligaciones de la casa y que se definía como una futura esposa y madre (cosa que era mentira). Les agradeció la invitación y pidió permiso para retirarse.

Cuando se levantó del brazo de la silla, se le regaron al piso las hojas. No se había percatado que la bolsa estaba invertida, es decir, con la abertura hacia abajo, y que unos dibujos estaban por fuera de la carpeta. La caída de las hojas fue como en cámara lenta. Una de ellas bajó suavemente y voló como un avión de papel mecido en los aires hasta que tocó el suelo. Cayó con la cara del lado en el que estaba hecho el dibujo y, efectivamente, se trataba del torso de una mujer desnuda. Esta vez, más pecaminoso aún para sus padres y, de seguro, también para la comitiva que estaba de visita. La mujer del dibujo tenía el pecho levemente cubierto.

El escándalo no pudo ser peor. La madre se deshizo en explicaciones y ruegos ante la visita y exclamó avergonzada que la perdonaran. Nemesio recogió la hoja del piso, la comprimió y la arrugó con ambas manos, hasta hacerla una bola. Luego se la guardó en el bolsillo, al tiempo que Aldemara recogía el resto.

La visita se despidió y fue llevada a la puerta por Rosa, que no dejaba de santiguarse. Aldemara se fue caminando rápido hacia su habitación y detrás fue su padre.

En la habitación, un cuarto pequeño y sencillo, con una ventana que tenía dos postigos y que daba hacia la parte de afuera de la casa, se encontraban discutiendo Aldemara y su padre. Nemesio le arrebató la bolsa que contenía la carpeta de hojas y los dibujos. Luego, la madre llegó y, entre los dos, la golpearon y la insultaron. Su padre tomó la carpeta y sacó todos los dibujos. Eran similares a los que habían caído en la sala, algunos menos discretos, y, entre ellos, el de la virgen, que ya casi estaba terminado.

Rosa le reclamó:

—¿Cómo se le ocurre juntar esas rameras con la Virgen? ¿Y quiénes son ellas o ella? ¿Por qué no se les ve la cara, sino lo que no deben mostrar? Mañana mismo se va a confesar con el cura —sentenció Rosa.

Aldemara se quedó callada y se acercó a su padre para tomar sus trabajos, pero este se lo impidió y se los decomisó. Además, la amenazó:

—Mañana vamos a misa para que se confiese y comulgue, agradezca que no la acabe a golpes. —Y agregó—: estos dibujos los quemaré en la parte de atrás de la casa.

En la cocina, Lucila preparaba una taza de agua de panela para llevarle a su hermana.

Al día siguiente, Rosa y Nemesio llevaron a Aldemara escoltada a la misa de primera hora: cinco de la mañana. Llegaron antes para que ella se confesara mientras ellos rezaban y ponían velas a un santo del costado de la puerta. Estaban tan embebidos que no vieron que ella no se confesó.

Ya en el transcurso de la misa, seguía la comunión. Los padres la antepusieron en la fila que ellos estaban haciendo. Cuando ella llegó donde estaba el sacerdote, quien ya tenía la hostia en la mano para dársela a la persona siguiente, notó que era Aldemara —en los pueblos pequeños todos se conocen—, pues se habían visto el día anterior. Él había sido parte de la comitiva que había estado en su casa. El sacerdote no le dio la comunión. Aldemara se hizo a un lado para que la fila continuara con sus padres que venían tras ella. Ellos no entendieron por qué el sacerdote le había negado la comunión. Extrañados y sin poder averiguar, se fueron a su casa. Una vez allí, Aldemara se encerró en su habitación, con premura y saltando para alcanzar la ventana, arrojó por el postigo todo el material que tenía escondido bajo el colchón y en un baúl. Empacó como pudo, en un talego, los insumos; el resto, lo lanzó suelto.

Sus padres tocaron la puerta con afán. Iban por los dibujos que escondía su hija. Aldemara les abrió y ellos entraron en estampida. Le revolcaron toda la habitación. Tiraron el colchón al suelo. Buscaron en todos lados y solo encontraron hojas en blanco y varios lápices y colores. No había mucho donde buscar, pues solo había una cama sencilla y un baúl. Nemesio se acercó a la ventana, pero no sospechaba que, del otro lado, estaba lo que tanto buscaba.

La amenazaron con destruir su trabajo y que lo encontrarían en algún lugar de la casa. Treinta minutos después, Aldemara salió del cuarto y quiso ir por sus obras de arte, que estaban dispersas del otro lado de la ventana, por fuera de la casa, pero con sus padres presentes le era difícil.

Su hermano no se encontraba; además, para todos los favores que le pidiera, tenía que pagarle y, como no tenía dinero, tendría que regalarle no uno, sino tres o cuatro dibujos. Buscó a Lucila y, con disimulo y señas que ellas entendían, le dijo que recogiera el material que ella había tirado por fuera de la casa desde su ventana: las hojas, los dibujos y los lápices. Ella se lo recibiría por la ventana de su cuarto desde adentro. Aldemara se encerró y colocó el baúl para pararse en este y apoyarse en la ventana que era más alta. Allí, al otro lado, estaba su hermana Lucila, con parte del material para pasárselo a Aldemara. Se lo pasó rápido, evitando que se enteraran sus padres. Algunas obras se habían deteriorado; sin embargo, ella decidió guardarlas, ya no debajo del colchón, sino dentro de este en un hueco que hizo.

Al otro día, siguió la misma rutina. De nuevo, a trabajar. Estuvo a cargo de la cocina y de la casa. No iría más al campo. Aldemara terminó de cocinar y se dispuso a darle de comer a los animales de granja que tenían afuera. Ella sabía que tenía que ser más cautelosa con sus obras. Utilizaba el cuarto del excusado para pintar, que, en realidad, era un cuarto pequeño con una letrina. Ya tenía un nuevo escondite para sus obras: entre las tejas del techo.

* * *

Era domingo, día de descanso de su padre. En la cocina estaban todos reunidos terminando de desayunar. Sin embargo, las tareas de Aldemara no terminaban y, con la ayuda de Lucila, iban aseando la casa empezando desde la sala. Raúl se despidió y se fue. No tenía que pedir permiso ni decir adónde iba.

Rosa se quedó con Nemesio y le preguntó por los dibujos y por las pinturas que le habían decomisado a Aldemara. Él se levantó de la silla y se dirigió al cuarto pequeño de herramientas, al lado de la cocina, y le trajo el dibujo de la Virgen. Ella le insistió ver los otros, "los obscenos".

—Los quemé —dijo el esposo.

—Qué raro, yo no me di cuenta; no vi humo ni candela...

A Aldemara se le había agotado el material y eso la inquietaba y la ponía de mal humor. Entrada la noche, fue a la cocina y tomó un trozo de carbón de leña del fogón. Hizo siluetas de torsos en el piso de piedra y luego los borró. Sabía que no podía dejar ninguna evidencia. Tentada por la pared teñida de blanco de cal amarillenta y curtida que había en la cocina, hizo bosquejos de los torsos. Cuando los terminó, los contempló. Luego tomó la esponja y el jabón del lavaplatos, y los borró. En la mañana, Rosa notó la pared limpia y, a la vez, desteñida. Se quedó mirándola fijamente.

Aldemara repetía su rutina en su alcoba y en las paredes de atrás que casi nadie observaba, mientras esperaba que avanzara la semana y le llegara el material. En vista de que tardaba, se cansó de esperar y, luego de hacer todos sus deberes, se escapó al pueblo, dispuesta a ganarse un castigo.

Sus padres fueron advertidos de que era conveniente hacer otra batida, ya que desconfiaban de ella. Estaban casi seguros de que tenía más dibujos guardados. Tocaron la puerta de su habitación, pero ella no abría. Insistieron y le hablaron, pero no les contestaba. Lucila sabía dónde estaba y trató de distraerlos. Inicialmente, fue a la cocina y gritó para que ellos fueran donde ella estaba, pero no funcionó. Luego dijo que había entrado un animal a la casa. Ellos la ignoraron e insistieron en entrar a la alcoba. Lo hicieron por la fuerza.

Más tarde, cuando Aldemara regresó a su casa, allí la esperaban sus padres en su habitación con cara de pocos amigos. Estaban enfadados porque había salido sin permiso y porque habían descubierto de nuevo sus dibujos. Estaban tirados en el suelo, convertidos en papel picado y pisoteados.

Aldemara los tomó del suelo y empezó a empacarlos en una bolsa junto a su poca ropa. Sus padres se lo impidieron, pero ella lo seguía haciendo. Se llenaba de ira y empezó a golpear las paredes para no golpear a sus padres. Partió el baúl a porrazos. No paraba de gritar y manotear.

Nemesio tomó un objeto contundente y golpeó su cabeza. Se desmayó y cayó al suelo. Lucila, aterrada y en medio del llanto, abrazó a su hermana. Entre los tres la levantaron y la subieron a la cama. La madre fue por una escoba y barrió todo. Sacaron el baúl y cerraron la puerta por fuera con un candado.

Ella se despertó a la medianoche. Estaba atontada y no entendía lo que había pasado. Intentó abrir la puerta, pero no pudo. Empezó a gritar y a golpearla con las manos y a patearla fuertemente.

Lucila se despertó y acudió a su alcoba para consolarla. Llorando, les pidió a sus padres que la dejaran salir o entrar a ella, pero ellos la ignoraron.

—Lucila, no se meta que Aldemara está loca. ¿No vio que quería pegarnos? —dijo la madre—. Además, es una mentirosa; nos hizo creer que ya no dibujaba esas porquerías y las siguió haciendo.

No volvieron a dejarla salir; para sus padres, ya

no tenía remedio y se culpaban por no haber hecho algo mucho antes, desde que estaba en la escuela. Esto comentaban y se culpaban entre sí. Pensaban que ella era una morbosa y estaba obsesionada por el sexo.

Al día siguiente, pusieron barras en la ventana para evitar que se escapara y la cerraron con tablas a través de las cuales apenas pasaba un rayo de luz. Adaptaron un postigo a la puerta del cuarto para pasarle alimentos. Estos contenían un brebaje con hierbas para adormecerla. Le dieron una bacinilla (mica), donde hacía sus necesidades fisiológicas y un cubo para el agua con un trapo para que se aseara.

Así la tuvieron por meses. Parecía un zombi. Cada semana, entre Lucía y Rosa, le daban un baño más a fondo en esas condiciones.

A veces, Aldemara se recuperaba y lloraba, gritaba y se tornaba agresiva. Fue entonces que su hermana notó lo del brebaje y se ofreció a seguir atendiéndola ella misma. Lo hizo para dejar de suministrárselo. Era un frasco pequeño. En la tapa se debía contar unas diez gotas para diluirlas con alguna bebida o alimento. Lucila aprovechaba y le pasaba también hojas y lápices. Aldemara mejoró notablemente y le pidió a su hermana que la sacara de allí.

Sus padres venían siguiendo los consejos —que pagaban— de una señora que se hacía llamar Donata. Esta había llegado al pueblo hacía algunos meses, pero ellos supieron de ella tiempo después. Habían escuchado que era adivina y que había hecho varios milagros. Le habían consultado el caso. Por eso, tiempo atrás, le habían dicho:

—Señora Donata, mi hija dibuja mujeres sin ropa. No enteras; son mochas. Al menos no dibuja hombres porque no les conoce el cuerpo; si no, quien sabe que cochinadas haría. ¿Qué hacemos con ella? —preguntó Rosa.

Ella les dijo inicialmente que le quitaran todo el material que ella usaba para dibujar y lo botaran. Mientras, ella haría rezos con una de sus prendas en un improvisado altar.

Después le habían vuelto a consultar porque ella seguía dibujándolas. Donata les había dicho que la hicieran dibujar a la Virgen —dibujo que le fue confiscado con los otros—, y ya, en la última consulta, les dijo que lo que tenían que hacer era encerrarla y hacerla tomar el brebaje, que este era el conjuro para que se curara y que, si de pronto moría, no iría al infierno. Se podría salvar e ir, al menos, al purgatorio. Allí, con las oraciones que hicieran por ella, tendría al menos la esperanza de pasar al cielo. Agregó que conocía muy bien esos casos, pues ya había atendido varios en otros pueblos que había visitado.

—No olviden que soy una experta —dijo Donata, la adivina.

Ella les vendía un brebaje muy costoso, pero ellos hacían el sacrificio para conseguirlo. En una visita, Donata les sugirió a los padres hacerle una limpieza al cuarto, para alejar a esos espíritus malignos. Ellos no sabían que ya no tomaba el brebaje porque Lucila no se lo estaba suministrando en las comidas.

Se dirigieron al cuarto y, sorpresivamente, abrieron la puerta. Entraron y la encontraron dibujando. Aldemara los miró asustada y se incorporó. Estaba dibujando tendida en el suelo. Ellos, sin mediar palabra, la golpearon temiendo que ella lo hiciera primero. Aldemara se escapó. Su padre fue tras ella mientras su madre miraba aterrada el cuarto. Todas las paredes estaban rayadas, llenas de bosquejos. Había dibujos hasta la altura de su estatura, la de Aldemara, que medía 1,65. Había otros dibujos un poco más arriba que habían sido hechos por ella parada sobre la cama. Las sábanas también estaban dibujadas.

Encontraron gran cantidad de hojas de papel arrumadas junto a una de las patas de la cama, otras sobre ella. Sus dibujos seguían siendo de torsos femeninos, pero, en ese momento, sí estaban sin velos, hojas ni nubes que ocultaran alguna parte del cuerpo. Rosa comenzó a gritar como loca. Entró en shock. Entre Raúl y Lucila la contuvieron. La llevaron a su cuarto, le dieron una bebida caliente a la que le echaron las gotas del mismo brebaje que le daban a Aldemara y la acostaron. Mientras se dormía, decía:

—Mi hija es una pecadora. Se va a ir al infierno; ayúdame, Dios...

En la noche regresó el padre en compañía de unos obreros. Traían a Aldemara golpeada y casi sin aliento, colgada de los hombros de dos de ellos. La metieron en el cuarto y de nuevo vino el encierro.

Al día siguiente, Rosa amaneció con los mismos

síntomas que Aldemara cuando se tomaba el brebaje: atontada y somnolienta. Se levantó más tarde y preguntó qué había pasado. Se dirigió al cuarto de Aldemara, miró por una rendija de la puerta y la vio acostada. Se dirigió a la cocina por el desayuno de Aldemara y le puso el brebaje, pero Lucila le salió al paso y le dijo que ella ya había desayunado.

Necesitaban consultar de nuevo con doña Donata, pero no tenían dinero para pagar la consulta. Rosa fue a la cocina y se extrañó porque vio que todavía tenía una buena cantidad del brebaje.

Una semana después, el brebaje se terminó y fue a comprarle otra pócima a Donata. Se llevó con ella a Lucila para evitar que le pasara material a su hermana. Mientras tanto, Lucila buscaba la manera de entregárselo. Su hermano tampoco había vuelto a traerle material.

Cuando llegaron a la casa de Donata, ella le entregó el brebaje y no quiso escuchar a Rosa, porque eso tenía un costo y ella no tenía más dinero para pagar. Además, le advirtió que le faltaban unos diez brebajes más para que se fuera el mal espíritu que tenía metido Aldemara en el cuerpo.

—Pero usted dijo que Aldemara estaría lista con cinco brebajes —dijo la madre.

—Sí, pero este caso está muy difícil y quién sabe si necesite más —dijo Donata.

El encierro de Aldemara la tenía diezmada. Había perdido peso, estaba delgada y demacrada. A veces perdía la noción de los días; además, todavía recibía el brebaje porque Rosa se lo suministraba. Después, Lucila pudo cambiar el contenido del brebaje por agua.

* * *

Una mañana, Lucila aprovechó que su madre no se encontraba en la casa y fue por material para entregarle a Aldemara. Cuando estaba inclinada en la puerta frente al postigo para pasárselo, llegó su madre y se lo impidió.

Aldemara estaba más consciente y empezó a gritar y a pedir que la sacaran de allí. Golpeaba la puerta, tiraba cosas y, de nuevo, le pidió a su madre que la dejara salir. Prometió no volver a pintar. Rosa le dijo que no le creía y que sabía lo mentirosa que era.

Después de la rabieta, se escucharon unos extraños ruidos. Lucila se acercó a la puerta y le preguntó a Aldemara si estaba bien y ella le dijo que sí.

Al día siguiente, le pasaron el desayuno. No devolvió los platos. A la hora del almuerzo, tampoco devolvió los platos ni los cubiertos. Esa noche, a la hora de la cena, su madre se la pasó como siempre. Tampoco los devolvió. Con la mica pasó lo mismo:

no la devolvió.

Para Lucila era preocupante lo que le estaba pasando y le pidió a su madre que, por favor, le abriera la puerta y vieran cómo se encontraba Aldemara. Su madre se enfadó y se negó a abrir la puerta. Se molestó y amenazó a Lucila.

En la tarde del día siguiente, en horas laborales, Nemesio llegó a casa en compañía de su jefe, Abelardo. Rosa, extrañada, recibió la visita y lo invitó a sentarse, pero estos apurados pasaron de inmediato al cuarto donde estaba Aldemara, ante los ojos incrédulos de la madre, que no entendía qué estaba pasando.

Tocaron la puerta y nadie respondió. Entonces, trataron de abrirla por la fuerza.

Nemesio seguía tratando de abrirla. Estaba cerrada por dentro. Lucila vino corriendo de la cocina.

—Pero ¿qué pasa? —preguntó Rosa a su marido.

—Ah, m'ija. Nosotros estábamos equivocados

con Aldemara. ¡Esa muchacha es una artista! —dijo mientras seguía intentando abrir la puerta. En ese momento, llegó Raúl y se enteró de lo que estaba pasando y se unió para abrir la puerta.

Cuando la abrieron, encontraron a Aldemara tendida en la cama, sobre el colchón sin sábanas. La cama estaba medio atravesada para impedir que pudieran correr la puerta. Había material disperso en el piso, desorden, algunas de las paredes tenían varios huecos en los que se podían apreciar los arañazos hechos para sacar tierra de la que estaban hechas. Las otras paredes tenían dibujos de torsos femeninos desnudos, sin velos, bien definidos, y había uno detrás de la puerta; era el más grande. Otra característica de estos dibujos era que los torsos ya no eran de un solo plano, sino que tenían perspectiva, lo que hacía que se pudieran apreciar en dos dimensiones. Y el de la puerta, se supo mucho tiempo después, era su propio cuerpo.

Estaba marcado con trazos de huellas de golpes y laceraciones.

—¿Está muerta? —preguntó la madre.

—No, señora —le dijo Abelardo—. Pero sí tenemos que hacer que la vea el boticario. —Que, en este caso, era el que hacía las veces de médico.

Aldemara se sentó. Estaba mareada, débil y deshidratada. Tenía heridas en sus manos y en su cuerpo, y sus uñas estaban llenas de barro. Lucila la abrazó y luego fue a traerle agua. Entre Nemesio y Abelardo la cargaron y la llevaron para la otra alcoba, mientras Nemesio le decía a Raúl que fuera rápido por el boticario del pueblo.

Una hora después, Aldemara estaba mucho mejor, pero seguía acostada. Para que se mejorara, y ya sin la oposición de sus padres, su hermana le entregó los elementos de dibujo. De inmediato, ella se sentó y empezó a dibujar. En la sala, estaba la visita conversando, mientras Rosa, confundida, se tapaba momentáneamente la cara. Todavía no creía lo que estaba pasando. Mientras, Abelardo narraba:

—Así como les digo: cuando vi los dibujos, me impresioné. Es una gran artista. Yo tengo cerca de veinte obras que le he comprado a Raúl. Nunca me dijo quién los hacía. Decía que se los traían de la capital. Hasta ahora me entero de que la artista era su hija. Pero luego que supe que la tenían encerrada y, lo peor, que tras su encierro estaba Donata, me vine corriendo, porque esa señora es capaz de matarla. Ya pasé por esa experiencia, porque a mi sobrino casi lo mata —agregó.

Tocaron la puerta. La madre abrió. Era el boticario. Apenas saludó y pasó directo a ver a Aldemara. Con sus conocimientos básicos, le hizo un breve examen y dijo que la dejaran recostada y le suministraran alimentos, pero Aldemara estaba muy bien. Ni en sueños había creído que podría pintar los torsos desnudos frente a sus padres.

—Joel, van a abrir el pabellón azul, apurémonos —dice Andrea.

Luego de que ambos lo recorren, Joel está entusiasmado por seguir escuchando a Andrea para que termine de contarle lo de Aldemara. Se impresionó al saber que varias de las pinturas habían sido pintadas durante el encierro en la habitación en la que había estado confinada, realizadas con su propia sangre y otras tantas con el barro que ella había sacado de las paredes que, a veces, había tenido que remojar hasta con su orina.

—Andrea, sigue contándome —dice Joel.

—Rosa nunca valoró el arte de su hija Aldemara. Para ella, fue una vergüenza, hasta el punto de que no pudo sobreponerse al evento. Empezó a quejarse de todo tipo de dolencias y terminó postrada en la cama durante los últimos tres años hasta que falleció. Con su muerte, también paró el arte de Aldemara. Desde ese momento, dejó de pintar.

Ya durante la enfermedad de Rosa, su producción artística estuvo diezmada. Se encerró voluntariamente en la misma habitación en la que había estado confinada y no quiso volver a salir. No contaba con la compañía de Lucila, su hermana, pues Rosa, en cuanto había podido, la había enviado a un convento sin su consentimiento, pero no al que pertenecía el párroco, del cual no querían saber nada de ellas, sino a otra comunidad religiosa de la capital.

Las condiciones económicas de la familia habían mejorado notablemente, pues Abelardo, que viajaba constantemente al exterior, le compraba a muy buen precio las obras y allí las comercializaba. Sus obras se valorizaron e incrementaron su valor hasta diez veces más. Estaban escasas. Lucila había recopilado la mayor cantidad que había podido antes de irse obligada para el convento. Las había escondido dobladas dentro de una caja metálica que guardó bajo las tejas del techo de la cocina.

—Andrea, duele pensar que no entendieran el arte de Aldemara y que por este hubiese padecido tantos vejámenes —dice Joel.

—Así es. Es triste saber el maltrato y encierro que padeció sin necesidad. Y hubo más: en el pueblo tampoco fue bien visto el arte de Aldemara; ni siquiera lo consideraban arte. Fue excomulgada de la Iglesia Católica a la cual ella pertenecía, aunque eso no la afectaba, pero a Rosa, su madre, sí la afectó el rechazo a su hija. Evitaba salir de casa, se sentía avergonzada. Fueron tiempos difíciles. Una noche, la familia tuvo que salir porque habían rodeado la casa. Estaban gritando arengas en la entrada. Por fortuna, Abelardo, que era dueño de más de la mitad del pueblo, los dispersó con un grupo de hombres que eran sus peones. Luego de ese incidente, dejó a unos cuantos al cuidado de la casa. Otra cosa que te cuento es que, luego de la muerte de su madre, al regresar del entierro, vieron de lejos una humareda salir de una ventana. Todos se movilizaron y estuvieron atentos. Se trataba de un conato de incendio.

—Pero ¿qué había tras ese ataque? —pregunta Joel.

—Ya sabes que había rechazo en el pueblo hacia Aldemara y hacia su familia. Lo que se cree es que trataban de destruir su obra o, posiblemente, también a ella. Prendieron fuego la casa porque creían que Aldemara estaba allí, pero ella había ido al entierro de su madre. Además, el humo salía de su habitación. Para el entierro de Rosa, Lucila también fue. Se vieron con Aldemara, pero el encuentro no fue lo mismo. La complicidad que tenían había desaparecido. Lucila, sin la presión de su madre, no regresó al convento. Decidió quedarse con Aldemara.

Meses después, Nemesio le propuso a su familia que dejaran el pueblo y viajaran a la capital para radicarse allí. Solamente, lo acompañó su hijo Raúl.

Las hermanas decidieron quedarse en el pueblo y en esa casa.

Lucila le brindó todo el apoyo a su hermana, que se empeñaba en seguir encerrada en el cuarto. Esta invitaba a su hermana a pintar de nuevo, pero ella se rehusaba a hacerlo y hacía trazos sin sentido; ya no quería pintar. Entonces, Lucila buscó la caja metálica, la que contenía las pinturas anteriores que tenía guardadas y se la llevó para alegrarla. Sacó varias de las obras, se las fue pasando una a una a Aldemara. Ellas las miró sin mucho entusiasmo. Tomó una y la quiso romper. Lucila se lo impidió y se las quitó de las manos. Las tomó y se fue de nuevo al escondite para guardarlas. De regreso, le preguntó a Aldemara por su actitud, pero ella callaba y la miraba fijamente...

Ahí, Lucila se enteró de que su hermana Aldemara tenía dolores en las manos, que se le dificultaba tomar los objetos pequeños, que su motricidad estaba afectada. Aldemara nunca se lo había dicho a nadie. Lucila le insistió para que viajaran a la capital y que la viera un médico. Ella se negó. En pocos meses, Lucila notó un avance significativo de la enfermedad de Aldemara, de la cual no tenían un diagnóstico. Por eso, pensaban viajar a la capital para obtener también un tratamiento. Lamentablemente, Aldemara falleció en una de esas mañanas frías de invierno. Amaneció como témpano de hielo. Lucila la encontró así, luego de que le llevara un café a su alcoba.

—Aldemara, por favor, abre la puerta que no puedo entrar. ¿Por qué la cerraste por dentro? Aldemara, ¡Aldemara!, ¡Aldemara! Por Dios, ¿qué te ha pasado?

* * *

Lucila regresó a su pueblo después de veinte años. La casa había estado abandonada durante ese tiempo. Estaba desvencijada; la fachada estaba forrada de hierbas y maleza. El musgo se había trepado por entre los bordes de las puertas, pero, adentro, en la alcoba, la que fuera de Aldemara, el tiempo parecía que se había detenido. Los dibujos de las paredes estaban cubiertos de polvo y las siluetas de los torsos simulaban cobrar vida, como si estuvieran moviéndose. Algunos estaban cubiertos con un velo, pero no el que, en algún momento, ella les había hecho para cubrirlos. Estaban ahumados por el conato de incendio que había habido años atrás. En ese momento, Lucila quiso hacer de esa casa un museo, para dar a conocer el arte de su hermana.

—Andrea, me encantó la exposición. Me quedé con la sensación de querer más —dice Joel.

—Podemos viajar al municipio donde vivió,

que, como acabamos de enterarnos, está el museo de Aldemara —dice Andrea.

Luego de la exposición, los amigos programan visitar el pueblo para conocer la casa museo de Aldemara.

Joel y Andrea se disponen a realizar el viaje. Llegan a la casa museo y, efectivamente, encuentran allí a Lucila. Tiene cerca de 75 años y una expresión complaciente acompaña su rostro. Aunque la casa está restaurada, conserva los vestigios de su construcción original y, sobre todo, las obras que están expuestas en las paredes están enmarcadas para protegerlas lo mejor posible. Tras la puerta de lo que fuera su alcoba, está el torso de la autora. Ahora esta obra está ubicada en la sala principal. La puerta fue descolgada y suspendida en un gran soporte. En esta obra, Lucila muestra las marcas que aparecen en el torso, las laceraciones autoinfligidas dan cuenta de que ella tomaba de su cuerpo la sangre para poder pintar, pero Lucila recalca que Aldemara quería expresar su dolor interno con el mensaje de marcar su cuerpo y que Aldemara plasmó, en sus obras y en su cuerpo, las heridas del alma, lo que siempre quiso decir...

¡Dilo, Aldemara!